# Quelli belli siamo noi

## TERESA VIOLA

Dedico questo libro a coloro che affrontano la vita
con allegria

MANOSCRITTIEBOOK

manoscrittiebook@libero.it

# Quelli belli siamo noi

Il libro narra la storia di due personaggi maturi, un uomo e una donna che si conobbero sui social, poi si incontrarono per la prima volta e non si mollarono più: l'uno aveva strettamente bisogno dell'altra. La vicenda è ambientata nella Roma di borgata periferica, in un quartiere poco raccomandabile: "Il Quartaccio". Dopo che si conobbero, i due innamorati ormai prossimi al pensionamento, decisero di convivere in un bilocale di proprietà dell'uomo. Egli in quella borgata vi nacque e i suoi genitori da sempre ci vissero. Ella invece, di origine siciliana, visse e lavorò al nord Italia.

Adesso tracciamo un identikit dei due protagonisti. Protagonista maschile, nome Ennio, età 57 anni, basso, capelluto, edentulo, occhi verdi spiritati, ama vestire sempre casual trend e punk, eterno ragazzo. La sua donna più alta rispetto a lui, robusta, capelli cortissimi, truccata, gambe sghembe; anche lei ama vestire trash pop, perenne adolescente nonostante i suoi 62 anni, si chiama Erina. Ormai nel bilocale con Ennio convivono da due anni, hanno pochi amici pressappoco tutti della medesima filosofia di vita. Da quando non lavorano più la loro vita si svolge maggiormente fuori casa da quando si alzano al mattino fino a tarda sera inoltrata; d'estate anche fino a notte inoltrata. Bar, ristoranti, giro di amici e posti nuovi da vedere. Il tutto con aria scanzonata, molto ironica, desiderosi sempre di essere ammirati e di stupire. Fissati sul fatto che tutti li invidiano e vogliono emularli. Nel rione romano l'aria è diventata pesante soprattutto da quando si sono messi insieme stabilmente: da single Ennio riceveva qualche battuta esageratamente ironica, ma negli ultimi periodi entrambi sono vittime dei bulli. Da un po' hanno valorizzato il pensiero di vendere il bilocale anche perché sono armati di brio e volontà, ma l'età si fa sentire ed al quarto piano con ascensore fuori uso (e tale si pensa che rimarrà per sempre), inizia ad essere un'impresa arrivarci. Contattano alcune agenzie immobiliari mediante il pc, ricevono alcune proposte interessanti, sono sempre più convinti di disfarsene e ricavare soldi decidono di convocare gli acquirenti, pattuiscono un prezzo trattabile e, per concludere l'affare, l'acquirente offre loro una somma per cui volentieri cedono il bilocale. In ogni modo si fanno furbi, fingono di ripensarci ma già sanno che acconsentiranno alla vendita, dicono che a giorni si faranno sentire per una decisione finale. I due neo sposini alla fine comprano il decadente bilocale. Ennio ed Erina si rimboccano le maniche pronti ad intraprendere un nuovo capitolo della loro esistenza. Vogliono partire alla volta della Sicilia sulla loro macchina, una modesta utilitaria che, per non farla demolire dai ragazzacci, erano soliti lasciare in qualche intreccio di traverse. Con nelle mani dei bagagli contenenti l'indispensabile si apprestano ad andare a prendere l'automobile e partire di buon'ora. Ma con amara sorpresa avvistano la macchina con le gomme anteriori a terra. Si imbestialiscono; imprecazioni, cattive parole: si trovano a passare dei monelli e li deridono strattonandoli. Perdono del tempo a fare un giro di telefonate per aggiustare i pneumatici, nel frattempo per la tensione litigano tra di loro destando ilarità a chi li ascolta, ai passanti. Finalmente rintracciano qualcuno ed aggiustano la vettura, partenza felici e allegri si lasciano alle spalle il lerciume del Quartaccio, addirittura Ennio alza il braccio ed accenna al famoso gesto di mandare tutti a quel paese, seguito da una esclamazione: «A li mortacci vostri!». Sorrisi stampati sui loro volti, radio a tutto volume sgommata e via di corsa; la primavera inoltrata li rende più euforici: avevano previsto una partenza mattutina ma si devono muovere in pieno traffico. La vettura ne ha di anni, ma l'hanno fatta controllare con una bella messa a punto, consapevoli del lungo viaggio da affrontare. Un paio di belle buche le hanno prese ma c'è andata di mezzo la loro testa, al solito imprecazioni; hanno impiegato due ore per arrivare allo svincolo della tangenziale. Finalmente un urlo liberatorio da entrambi; sempre musica ad alto volume una bottiglietta cadauno nelle mani di buon liquorino, vanno fermandosi nelle aree di parcheggio per cambiare la guida e non solo; Ennio ha i reni deboli. Mentre si intrattenevano nell'area di sosta un po' fumando, mangiando e riposandosi, si vedono affiancati da due motociclisti che con sarcasmo chiesero «chi di voi ci potrebbe prestare dieci euro?». Ennio li manda a quel paese, i due motociclisti si infuriano escono un pugnale e intimoriscono i malcapitati depredandoli del denaro liquido e dei cellulari. Meno male che possedevano le carte di credito con la ricarica dei soldi della vendita della loro casa. Però in piena autostrada e per giunta in mezzo ad una strada, senza cellulari, da sfigati. Entrambi sono adirati al massimo. Dei due delinquenti in moto nessuna traccia, sembra che si siano volatilizzati. Beh! Si armano di coraggio e con la loro utilitaria ripartono. D'altronde avevano soltanto disponibili trecento euro in contanti, se gli potevano servire per un pernottamento, prima di arrivare in Sicilia, quell'autostrada sembrava non finire mai. Dopo tanto tempo giunsero in Calabria, dopo otto ore sostano in un albergo a conduzione familiare, uno stanzino cupo senza finestre, senza balcone, euro cinquanta ciascuno a notte. Nel bagno c'era soltanto il wc, con un bidet di plastica. Una casa allucinante, non se la potevano mai al mondo immaginare l'esistenza di un posto simile; ma ormai erano stanchi, demoralizzati per la mancanza dei cellulari e del furto che avevano subito, Nel cuore della notte li interrompe un gran bel botto che li destò e si resero conto di essere caduti dal letto. Accorsero i proprietari: quei furfanti avevano il letto con le doghe in legno cedevoli, i due si risollevano da terra a stento pervasi da dolori alla schiena, ancora insonnoliti, dolori all'anca, alle costole tutto in frantumi; come se non bastasse quei furfanti incolparono entrambi della rottura del letto che, a loro dire, era nuovo. Poverini, che pena.

All'alba ripartono, traghettano alla volta della terra promessa, gli appare la Madonnina del Porto di Messina. Contentissimi come due ragazzini. Ennio le dice: «Amò ce l'avemo fatta, ah che bella giornata! Ce porterà bene!» Giunti a Messina, si dirigono a Savoca, di dove Erina era originaria assieme ai suoi familiari. La casetta nel cortile era rimasta come ai tempi della sua infanzia, intatta, certo, la casa ed il cortile erano da ripulire, ci dovevano lavorare una settimana per migliorarne le condizioni generica, cosa che decisero di attuare volentieri, anche un modo per incominciare a godersi l'ambiente e sentirsi nuovamente a proprio agio. Innanzitutto iniziano a cercare un addetto per ripulire il cortiletto dalle erbacce invadenti, acquistarono una nuova lavatrice ed un nuovo tv, chiamarono un furgone per smaltire ciò che era troppo obsoleto e inutilizzabile; cosicché dopo cinque giorni avevano la casetta ripulita, ordinata, accogliente. Uscirono per fare spesa e si riempirono il frigo di viveri, il letto lo rifecero nuovo; ci credo: dopo l'esperienza dell'albergo in Calabria ancora devono ricompattare i pezzi, poverini. Erano tutti allegri, l'aria della Sicilia gli ridiede armonia, fiducia, nuovi stimoli. Alla vettura diedero un posto nel cortile, si sistemarono nel migliore dei modi, il paesino lo trovarono come al solito ancora tranquillo, anzi spopolato: molti giovani, non trovando avvenire, lo hanno lasciato. In quell'oasi di pace trascorrono la loro prima settimana in Sicilia, per avere compagnia decisero di adottare un cagnolino lo chiamarono Effe. Erina, rovistando nei cassetti per rimettere ordine, trovò alcune vecchie foto di ricordi infantili scolastici, le sovvenne di cercare in paese qualche amico o compagno di scuola. Il pensiero piacque ad Ennio e si misero subito alla ricerca con foto nelle mani, in paese qualcuno la riconobbe e iniziarono a prendere contatti. Erina chiedendo in giro dei suoi vecchi compagni le illustrarono la situazione in un paesino piccolo tutti si conoscono e i fatti delle persone sono a libro aperto a tutti. Trovarono un bel gruppetto di amici e compagni di scuola tutti ben riusciti dal buon vivere; furono lieti della condizione di quelli del giro, decisero tutti di frequentarsi. Nei giorni successivi decisero di farsi conoscere anche al Comune anche per sistemare l'aspetto burocratico, così scelsero un giorno e si presentarono al sindaco, che era il giovane figlio di una coetanea di Erina. In seguito, con un pretesto, vollero conoscere il maresciallo dei carabinieri, cercavano di crearsi degli amici importanti, un giro rispettabile. Erina è sempre stata socievole, aperta il compagno invece scorbutico, cinico, scostante, narcisista al massimo. Dietro li seguiva sempre Effe che era la loro ombra, passo a passo gli avevano messo una pettorina per facilitarne la presa e affinché non gli sfuggisse, ma era la loro paura, poiché il cane era molto affettuoso e non si sarebbe mai distaccato. Dato che il borgo era abitato da poche anime, dopo un mesetto del loro soggiorno, oltretutto stabilizzato, per rendergli omaggio di benvenuto, i cittadini vollero festeggiarli. Essi prepararono una sorpresa inaspettata, non gli dissero che era in loro onore, gli fecero credere che si trattasse di una sagra paesana. Un po' tutti in piazza erano coinvolti con i preparativi di questa festa che consisteva in una tavolata per tutti i cittadini che aderivano, con spaghettata, carne arrosto e infine una mega torta. Insieme alla banda musicale ed alle majorette per ringraziare gli ospiti di avere scelto quel paese per viverci.

Ennio ed Erina faticavano operosi insieme agli altri per i preparativi del pranzo in piazza che li vide indaffarati unanimi di buon mattino fino alle tredici quando si pranzò. Assieme al cibo c'erano fiumi di vino e di bevande gasate, tutti offrivano da bere ai festeggiati, «Forza ragazzi, questo è un ottimo vino prodotto dalle nostre viti e dalle nostre cantine, accettatelo entrambi!» Allora i buoni amatori di questa bevanda non si facevano di certo pregare, con gli spaghetti hanno fatto il bis, la carne arrosto era abbondantissima e di tre qualità: ovina, bovina e suina, per una scorpacciata indimenticabile. Giunge il momento della torta, il capo dell'organizzazione fa il discorso e allora i due già brilli capiscono che la festa è dedicata a loro. Felici entrambi fanno il discorso, ringraziano i presenti del pensiero, ma mentre parlavano, i capogiri si facevano sentire, e non solo il singhiozzo: il ruttino(!), destando l'ilarità di tutti. Ennio ed Erina tagliano la torta, la banda inizia a suonare, sfilano le majorette nelle vie del paese un paio di volte. I due ospiti si sentivano al settimo cielo per la bella accoglienza, allo stesso tempo ne erano lusingati. Erina incontrò il suo gruppetto di vecchi amici d'infanzia e compagni di scuola, il suo amore la seguiva passo passo. Tutto il giorno lo trascorso in quella piazza da festeggiati e al centro dell'attenzione come soltanto due caratteri così egocentrici avrebbero desiderato. Ritornarono a casa che non si reggevano in piedi, sia per l'esagerato pranzo con l'esagerazione di bere, anche per la stanchezza del parlare sempre, del ridere, di seguire la banda musicale; una giornata da non dimenticare, al loro seguito c'era il cagnolino Effe, anch'esso ultra sazio per l'abbondanza degli avanzi. Altro che banchetto, ultra banchetto! Nella loro intimità quella sera crollarono esausti, vinti dai fumi del buon vino.

L'indomani alle cinque del mattino nel loro cortile che non era recintato con la rete e il cancello, c'erano semplicemente delle siepi, entrarono dei ragazzini mandati dagli adulti a svegliarli prestissimo, quella bussata alla porta la sentì soltanto Effe; i suoi padroni ancora erano in pieno sonno, in preda alla stanchezza della frenetica giornata. Il successivo loro risveglio quella mattina fu alle dieci, già trovarono una bella combriccola pronta a fargli fare un giro nei dintorni; gli eterni ragazzi, ancora stonati, ma sempre in vena di stare in compagnia annuiscono, rimediano entrambi pantaloncini corti e camicia hawaiana, copricapo di feltro ed escono: colazione al bar offerta da Erina per tutti, poi li portano a Taormina, pranzano fuori, sempre in comitiva. Offrono anche il pranzo; il rientro a casa verso le diciassette, rimangono un'ora in casa, di nuovo altra chiamata per una giocata a carte all'unico bar del paese, dove girarono il famosissimo film Il Padrino di Ford Coppola. Si sentivano al settimo cielo, ammirarti, e pieni di amici. Altra bella giornata passata quasi tutta fuori casa. Altra bella giornata passata quasi tutta fuori casa. A conti fatti dietro le mura domestiche tra pranzo offerto e colazione per tutti la giornata gli costò € 500. Il loro intento dopotutto, essendo pensionati, era quello di spendere e divertirsi non avendo pensiero di eredi. L'indomani si alzarono prestissimo per non farsi svegliare dagli amici, presero la macchina ed il carne e partirono all'avventura da soli. Quando gli amici andarono a svegliarli non li trovarono e ci rimasero un po' male. I due decisero di farsi il primo bagno di stagione all'isola bella, Ennio non sapeva nuotare, Erina con Effe si divertì parecchio anche se l'acqua ancora era fredda, vollero farsi anche un giro in barca fino a Giardini Naxos, ma questa volta all'ora di pranzo entrarono in un supermarket e si rifornirono per mangiare qualcosa a casa loro. Ritiratisi in paese trovarono i primi musi storti, gli offesi, in quanto non volevano che uscissero in silenzio per i fatti loro. in Sicilia si usa così: o sottostai o ti fai i nemici, si arriva che ti vogliono comandare, mai fidarsi della prima impressione. Sono molto bravi a mutare ed in peggio basta un niente. I poverini si sentirono colpevoli, soprattutto lo sprovveduto Ennio che disconosceva il comportamento dei siciliani, però avendo un carattere molto forte doveva vincere lui e dettava regole comportamentali alla compagna la quale si piegava al suo volere, anzi al cospetto di amici, lui voleva avere sempre la parola, tante volte interrompeva Erina per intraprendere lui un discorso. Quelli del giro stavano iniziando a capire che il tipo era arrogante, amico, ma allora stesso tempo credulone e facile da manipolare. Parlandone in privato i due innamorati decidono anche per cambiare ambiente ed estendere giro di amicizie di frequentare persone di Taormina. Trascorrevano sempre più tempo ormai in quel bel paese, seduti nel migliore bar fino a quando conobbero alcuni soggetti del loco tra cui anche dei musicisti. Buon per Ennio, che da ragazzino suonava la chitarra sia pure nei garage degli amici per le loro feste strampalate, i primi approcci con le coetanee e i primi spinelli, qualche tatuaggio di nascosto ai genitori, insomma ragazzacci di borgata.

Furono invitati da Bruno nel locale di questo musicista, compiacenti a crepapelle, una serata. Si preparano alla loro maniera indescrivibile e accettarono l'invito di Bruno, si presentarono nel suo locale intenzionati a fare le ore piccole. Bruno si mise al pianoforte e suonò una canzone di Stevie Wonder, era bravissimo; Ennio si mise anch'egli al pianoforte e suonò canzoni di Riccardo Cocciante. Erina si improvvisò cantante, era convinta, ma effettivamente stonò. Dopo quella serata che si divertirono tantissimo, Bruno gli suggerì di formare un duo e magari esibirsi in sua assenza nel suo locale. Acconsentirono e giusto per dimostrare alle persone la loro stravaganza, il loro estro, si definirono d'accordo reciprocamente e col consenso di Bruno al quale piacque un mondo la loro idea: il Duo Effe. Allora Ennio scrisse una sua canzone, testo e musica, si presentò da Bruno con questo brano, non ci crederete ma quella sua ebbe successo; il locale si riempì come non mai, anche se di persone di una certa età. La canzone era in dialetto romanesco intitolata «Er caso» un doppio senso faceva così «Cor caso amor che me sto a preoccupà se me voi bene o no, cor caso che non me risponni per una giornata intera ce sto male, non lo sai, non fa l'offesa. Er caso voi da me? Te do ciò che voi, un te basta, lasciamo ar caso decide se stà insieme non è un problema» e così via per dieci minuti. Ennio ha la parlata intrisa di turpiloquio che lo rende figo, trendy. Si era messo a suonare già ubriaco e con la sigaretta tra le mani. La medesima canzone la fece ascoltare in casa propria al gruppetto di amici di Savoca che non sapevano se ridere o piangere, diciamo che gli fecero credere che piacque. Allorché Ennio, non soltanto musicista, pensò di scrivere poesie, sia in dialetto romanesco sia in italiano, Erina la sua musa ispiratrice, qualcuna dedicata ad Effe. L'aria misteriosa di miti e leggende della nostra bella Sicilia sviluppò in Ennio un estro mitologico, epico, nelle sue composizioni apparvero draghi, cavalieri, dame medioevale, vichinghi. Descrisse una rivisitazione della Divina Commedia, dell'Orlando Furioso. Un'ode intitolata ad Erina nella quale la vedeva un drago, questo drago lo chiamò Grisù. «Portami sulla tua schiena dolce, pimpante Grisù senza di te non esisto più. Quando mi sei apparsa tu, il cielo mi è sembrato più blu. Dammi la tua languida lingua infuocata, trasmettimi il tuo fuoco, insieme fonderemo di passione. Grisù non mi lasciare più». Una la dedica a si stesso si vede nei panni dell'Orlando furioso. «Io sono forte e potente, nessuno può farmi niente, chi osa sfidarmi brandisco la mia Durlindana e gli faccio scorrere il sangue come una fontana, a te Medoro, bada bene, ti taglierò la testa come un toro». Un ragazzo tra la folla esclama «il cornuto sei tu», «tu sei il toro», allora tutti a ridere. Ennio in effetti stava esagerando: mimava le sue poesie sembrando una marionetta. Quella sera ricevettero i primi pubblici insulti, ma ciò non servì a fare diminuire la loro attenzione anzi tutto altro la loro popolarità crebbe, Erina però divenne il fanalino di coda in confronto al suo uomo, inizialmente era l'opposto, lui esuberante, eloquente, accattivante, ora che si vede soppiantata dall'estro dell'amato romano, è incredula. Un giorno sentendosi una specie di gregario spersonalizzato, intraprende un discorso chiarificatore con colui che le stava facendo le scarpe. «Senti», domande ad Ennio, «tu mi ami o no?». Le risponde all'infinito amore, «ma che? Stai dando di matta? Non vedi che tutto faccio per te, poesie, canzoni; tutto dedicato a noi due o a te singolarmente». Ribatté Erina «giura che mi ami» Risposta «me possino cecà» lei: «no, basta. Ti credo. già con la tua nefrite giro abbastanza ospedali, manca solo l'oculista, non ci pensiamo più. Solo a divertirci». «Brava» dice Ennio, «ora compongo altri testi e la musica, ho in mente altri bei pezzi; piuttosto porta a passeggio Effe che me sta tra i piedi e me distoglie». Sbuffa Erina «Ma che cavolo dici, non dimenticare esso per me è come un figlio, poi non mi avevi mai detto prima che poteva uscire da sola, sarebbe la prima volta che succede»; il poeta risponde «c'è sempre in tutto la prima volta intendila così».

La frastornata compagna non sa cosa pensare, prende il cane Effe ed escono, appena fuori del cortile vide un uomo che girava nei paraggi con un cane al guinzaglio, per farla breve i due cani iniziarono ad abbaiare, l'uno voleva aggredire l'altro, con questo pretesto stringono amicizia tra i due padroni degli animali, il signore era di passaggio, si trovava al paesino per salutare una sua zia. Si recarono insieme al bar una mezz'ora in compagnia gli disse che si chiamava Giulio che possedeva una proprietà a Gallodoro, casa con grande terreno che utilizzava come posto pic-nic, passatempo per tutti coloro che volevano farsi una scampagnata e divertirsi. Nella proprietà di Giulio, in quel grande appezzamento, c'erano molti tavoli e sedie con forno a legna e barbecue ogni gruppo, famiglie, comitive, aveva assegnato il posto numerato. Inoltre per i più esigenti non mancava come trascorrere il tempo: passeggiate a cavallo, giocare al calcio, tiro dell'arco e tiro a segno col fucile. Poi uscendo fuori dal cancello di Giulio c'erano tanti sentieri che in pochi attimi conducevano ad un piccolo borgo abitato, carino da visitare, da vedere, un presepe. Erina quella mattina fece tredici con la conoscenza del cinquantenne Giulio il quale essendo un tipo allegro, vivace anch'egli amante della bella vita e di fare divertire i suoi ospiti nella sua formidabile tenuta denominata "All'Acero".

Soltanto che Erina, essendo un poco sorda, sentì "Al Macero". Corse a casa entusiasta, il suo lui chino a scrivere fantasie svariate; quatta quatta gli salta al collo lo riempie di baci; lui «ma che? Sei matta! Me fai sobbalzà povero core, ancora malattie», «senti piuttosto, questa sì che è vita: al bar ho conosciuto Giulio: è un tipo di cinquant'anni, perbene ha i soldi, possiede una specie di agriturismo, per cambiare possiamo andarci a mangiare, ad arrostire e ci diventiamo, c'è altra gente; è un bel locale, mi ha detto di cercare su Google, si chiama "al macero"». Ennio diventa un energumeno «me immagino al macero! Già sta parola me sona divina! Annatece tu e questo st***! Io so già dove dirigermi, si te piace mi segui sennò fai compagnia ad Effe e dormi».

Allibita la poverina cerca su Google il luogo, anche perché era incuriosita da tutto, sia di Giulio che del legno descritto. Trovò nome e cognome del tizio, la descrizione corrispondeva dalle foto sul cellulare che videro insieme al bar; scoprì che senti male il nome del luogo era definito "All'Acero". Il frainteso lo chiarì con Ennio, il quale le rispose «Qualche giorno annamo, ora m'è venuta la curiosità». Entrambi entusiasti si recarono all'Acero. Erina presentò l'amico al suo uomo, che reagì bene senza un briciolo di gelosia, molto sicuro della sua Erina. L'amico gli fece girare tutta la sua tenuta, bella grande, più di un ettaro e mezzo, molto curata e tenuta con intelligenza; Giulio era convivente da venti anni con un figlio. Nell'appezzamento vi era una sorta di sottotetto rifinito ai lati con delle vetrate scorrevoli, in questo sottotetto c'era una cucina padronale un grande tavolo con panche, il frigo, la cucina economica a legna e la tv; poco distante vi erano un quattro forni a legna con accanto dei barbecue, e così in ogni zona fino alla settima. Chiunque voleva trascorrere una giornata bucolica e tranquilla pagando la sosta e il necessario per arrostire "All'Acero" c'è spazio per tutti. I due innamorati furono molto felici e trascorsero una lieta giornata con il nuovo amico, il posto nuovo, gente nuova. Andarono a casa con la promessa che quanto prima sarebbero ritornati. Nel frattempo al bizzarro romano viene in mente di esibirsi nella proprietà del nuovo amico in presenza degli ospiti o per puro passatempo con gli amici e fare karaoke, ne parla con la compagna compiaciuta ne discutono con Giulio e li asseconda; bene gli dicono ci vedrai quanto prima da te realizzeremo questo hobby. Invece delle solite canzoni che si sentono sempre, Ennio inventa testi e musica se ne prepara una decina di brani da fare ascoltare al clan della comitiva. Un paio di componimenti li dedica alla sua amata, altri al luogo bucolico e solitario. Nel frattempo si perde la spensieratezza e la spigliatezza di Ennio che ogni giorno appare sempre di più a capo chino a scrivere poesie e canzoni, addirittura si sveglia anche di notte e rifinisce delle frasi, lasciando Erina sempre più attonita e di cattivo umore, lo preferirebbe spensierato come prima ma la maledetta voglia di scrivere, di apparire un intellettuale, lo distacca da ciò che egli prima riteneva il suo unico interesse; cioè vivere l'attimo fuggente. Altro interesse lo sta maturando per la politica, ultimamente segue molti dibattiti televisivi basati sulla politica, interviste a questi personaggi, e non ultima mira a diventare consigliere comunale alle prossime elezioni in paese. La povera Erina si ritrova al suo fianco un personaggio ben diverso dal tipo spensierato che si era figurata che fosse. Un'altra crisi sopraggiunge nell'invidiata coppia: prima camminavano l'uno stretto nell'altra e felici, adesso una segue l'altro con distacco e pessimo umore. Ambedue hanno crisi di nervi: Erina balbetta quando parla, Ennio è logorroico, parla a voce alta e gesticola di continuo; notti insonni a litigare ed Effe ad abbaiare. In quella casa volano fuori in cortile piatti, posate e oggetti; Erina minaccia che qualche giorno gli romperà in testa la chitarra. Egli per calmarla le dedica ancora un'altra poesia dal titolo «Dama del Sud». Fa così: «come una scacchiera le mie mani sono su di te, ti muovo, ti scruto, ti palpo. Non ho rivali, non temo nessuno né per furbizia, né per destrezza, né per personalità, il resto è banalità. Ho sempre vinto io, la mia vincita è la mia amata». La recita ad Erina, mimandola come nel suo stile, quando recita in pubblico le sue opere. Per tutto ringraziamento la sua donna, infuriata come non mai, gli molla un sonoro, inconsueto ceffone; in risposta ottiene un calcio nel di dietro, il povero effe corre abbaiando a separarli. Che tensione! Il loro idillio, se non corrono ai ripari, si sta spezzando. L'indomani, depressa anch'ella, la musa ispiratrice, prende la vettura e col cane si dirige nella proprietà di Giulio. Ennio dopo poco se ne esce da solo e va al Comune in cerca dell'amico sindaco, ha in mente di presentarsi come consigliere. Le prossime elezioni si terranno tra un paio d'anni. Nel frattempo segue gli attuali politici del paese, elargisce consigli, dà la sua opinione su ogni iniziativa, collabora anche pecuniariamente. Per distaccarlo un po' da quella vita sedentaria tutta poesia, canzoni, politica, con la sua salute che oltretutto stava risentendone, Giulio e la compagna organizzano una giornata di barbecue e karaoke con un giro di amicizie che giungono da Catania per trascorrere il week end. Gliene parlano, Ennio acconsente felice, però a patto che potrà esibirsi al karaoke suonando la sua musica e non i soliti pezzi di altri cantanti famosi, evidenzia ben esplicito queste condizioni che gli vengono accettate. Ormai è ottobre, un sole piacevole splende, molti hanno scelto di trascorrere una lieta giornata all'aria aperta in buona compagnia. Iniziano le presentazioni di conoscenza per lo scambio di amicizie, chiacchierano in compagnia del buon vino, le caldarroste non mancano, ognuno ha portato varie qualità di carne da arrostire, dolciumi comprati o fatti in casa, la musica non manca. Giulio ha disposto un impianto stereo con casse acustiche che ha diffuso in tutta l'estensione del terreno e le luci psichedeliche. L'eterno ragazzo freme dalla voglia di esibirsi, ecco, si fa avanti dicendo ai presenti «Adesso, in questa giornata, speciale vi voglio coinvolgere a cantare insieme a me alcuni brani che ho composto io!» Incomincia a cantare quella in dialetto romanesco, la famosa «Er caso». «Er caso che stavo qua se non potevo cantà, attaccatevi al caso, dite quer che ve pare, ma io ve faccio sognà, trullallero trullallà! Com'è bello campà, non lascio gnente ar caso!» La seconda canzone, dedicata ad

Erina, "La dama del Sud", al solito «Come una scacchiera le mie mani…» il tutto mimato, i presenti ridevano a crepapelle, proposero che questa poteva essere esibita come una specie di Tuca Tuca della Carrà, l'idea piacque a tutti, iniziarono toccando Erina: prova uno, prova un altro e avanti un altro ancora. Risate, scherzi, Giulio ed Erina si stavano divertendo intenti col Tuca Tuca, si leva una voce come una persecuzione: «Cornuto!!!», allorché Ennio diventa irascibile, volano in aria bicchieri, dalla folla «Addosso al romanaccio!», gli vengono lanciati addosso vari oggetti, ormai che si arrivi alla calma è utopia. Si va avanti ancora con strattoni, insulti, sputi. Per sedare quel movimento irrefrenabile la voce autoritaria di Giulio interviene a porre un freno, invitando tutti alla calma e proponendo una partita di calcio. Si dirigono tutti dove c'è uno spazio idoneo a giocare. Ennio viene escluso dalla partita, non lo vuole nessuno. Giulio lo chiama con sé ed insieme si ritirano nella cucina padronale per i giochi da tavolo ed iniziano a giocare a carte; la compagna rimane coi maschi e gioca a pallone, però le finisce male: Riceve sul più bello una pallonata in pieno volto con salto della dentiera. Questo imprevisto non lo aveva affatto considerato. Ritorna dal suo compagno e da Giulio mortificata con quell'affare tra le mani. Tutti ridevano. Ennio:

«Ben ti sta! Perché non sei stata con me? E Giulio? Sei rimasta con loro. Sei indisciplinata, agisci sempre di testa tua!» Replica lei: «Non ci sono venuta con te perché tu rompi sempre con la tua musica e con le tue poesie, non vedi che stai diventando una macchietta? Guardati, tu hai fatto una figura! Ridono anche i polli! A proposito di polli, quando arriviamo a casa ne parliamo, in quest'istante preciso mi è venuta un'idea!» Ok, annuisce Ennio, anch'egli mortificato per il pessimo trattamento riservatogli dagli amici di Giulio. Tra una partita a poker ed un'altra con le carte siciliane giunge l'ora del pranzo. Giulio, temendo altre risse, suggerisce ai due innamorati di condividere il suo tavolo accanto ai suoi familiari; di buon grado, accettano. Pranzano saziandosi a più non posso, mangiando carne come leoni, bevendo vino in abbondanza, infine il tiramisù al pistacchio fatto da Erina, per chiudere in bellezza stappando uno spumante dolce. Giulio volle brindare, prende la mira solleva lentamente il tappo e poi tutto in una volta lo fa partire e coglie giusto nell'occhio Ennio. Il gesto è stato fatto di proposito, dimostrandosi un infame. Il poveraccio rimase allibito, balbettava nervoso frasi senza nesso logico, Erina dal canto suo con l'incidente della dentiera non è che stesse molto meglio. Ad entrambi quella giornata ideale alla fine andò male. Quella sua nel loro intimo decisero che per un poco di tempo dovevano farsela alla larga, lontani dal solito giro, anche se questa limitazione per i due rappresentava una condanna. La depressione presto si impossessò dei due eterni fanciulli. Ennio, spirito irrequieto sempre in cerca di novità, propose per non stare isolati tra quattro mura di fare del volontariato presso una residenza anziani. Erina sbotta «Ma come siamo messi, a noi che piace essere giovani, finiamo tra i vecchi»; «ma amò anche dai vecchi ce potemo divertì, a loro fanno gli spettacoli, teatrini, feste, il passatempo ti assicuro non gli manca: facciamoci quest'altra esperienza, almeno possiamo raccontare qualche altra cosa». La convince: si recano al primo istituto per anziani che trovano. Si presentano e dicono che intendono trascorrere il loro tempo libero e socializzare in quell'ambito. Vengono accolti dalla direttrice con gentilezza, li intrattiene a dialogare circa mezz'ora per conoscerli, ma non li inserisce subito nell'ambiente; gli viene detto che devono ritornare, rimangono d'accordo che presto ritorneranno. Come suo solito in questo lasso di tempo Ennio scrive delle poesie da leggere agli anziani per fargli passare il tempo, decide che devono essere d'amore, accompagnate dalla sua musica, quale luogo migliore per dimostrare il suo estro per rallegrare gli animi e a loro volta per rallegrarsi.

Una domenica dopo un pranzo come da consuetudine fuori casa, bussano nuovamente alla porta della casa ospizio e chiedono di entrare come da accordo preso in precedenza con la direttrice. Vestiti stravaganti e orribili come non mai, la direttrice li osserva basita, ma li fa accedere, finalmente gli mostra l'ambiente e li presenta ai vecchietti. Dice ai nonni che i due vogliono essere loro amici, e hanno voglia di socializzare divertendosi. Ennio ne approfitta per chiarire che intende animare le loro serate, sempre se la cosa non dispiace, spiega che scrive testi e musica, tratta un tema sublime come l'amore che prova per la sua

Erina, e dell'amore in genere. E gli anziani a quelle parole si commuovono e applaudono, i due contenti dicono «ci potevamo pensare prima, è l'ambiente che fa per noi». Erina meno entusiasta, comunque a lui piacciono molto i giovani, dove c'è più linfa vitale, se ne frega di musica, poesie ecc. Certo ancora non dimenticano la figuraccia con la svolazzata della dentiera e il tappo dello spumante mirato nell'occhio divenuto nero. Rifugiati sì, ma sicuri e allegri. Per ora tutto sembra filare liscio in compagnia di anziani che tutto sommato non erano neanche tanto malandati, una ventina di ospiti ancora autosufficienti. Quasi si avvicina il Natale, pochi giorni prima fanno un altro ingresso alla struttura. Erano le quindici di pomeriggio, gli anziani seduti ai tavoli stavano giocando a tombola, i due nuovi ospiti si siedono ed iniziano a giocare con gli altri, ma il pensiero di Ennio vola sempre alla sua esibizione, Erina gli fa cenno di starsene per un attimo sereno, lui la contraddice testardo, si alza di scatto e incomincia: «bella gente, adesso cantate tutti insieme a me! Vi voglio deliziare con questa bella musica». Con queste parole intona «aspettate che ve la sono tanto intono, e vedete che so anche bono, questa è la mia Torella, se chiama Vitasnella, le salto in sella e saliamo sulle stelle» I vecchietti ridevano come inebetiti, «Forza, canta ancora!»

gli urlano, inizia un altro brano epico, se la prende con Medoro, inizia dicendo «Medoro te possino cecà quanno guardi la donna mia, non ce riuscirai mai a portarmela via, te sfido a duello e te sbudello. Angelica, tu volgi lo sguardo altrove, nun fà la zoccola!». Anche qua giù a ridere. Poi smette di cantare e dice ai nonnini adesso facciamo il gioco dei mimi, io vi mimo alcuni personaggi e voi dovete indovinare chi siamo. Qua si incominciano ad annoiare, iniziano gli insulti, «Buffone!» l'apostrofa un coraggioso nonnino, «ora smettila»; Ennio testardo continua mimando, un altro vecchio gli risponde «è tua sorella!» tutti ridono, nessuno escluso, iniziano a lanciagli addosso degli avanzi dalla tavola appena apparecchiata. Il personale interviene e li accompagna alla porta. Ai due eterni ragazzi gli viene detto e allora fatevi vivi il prossimo anno nei panni di Babbo Natale e della Befana, meglio senza la chitarra. Come al solito, quando le cose vanno male, i due litigano ed Effe fa da paciere. Due giorni senza parlarsi, si portano il muso. Poi Erina è quella che gli corre e saltandogli addosso gli dice «ho una bella idea per te, ti stupirai». «Sentiamo» sentenzia lui, «fa che sia davvero bella sennò te stronco», «bellissima» risponde lei «vedrai». Erina ricorda di avere una zia che vive in una casetta in campagna, circondata dal verde giardino in un piccolo centro vicino, a Roccafiorita, bel luogo.

«Annamoce subito» le dice Ennio «vediamo se

vive ancora, poverina». Immediatamente si

incamminano con Effe, Erina si ricordava

esattamente dove la zia possedeva questo

podere, infatti la trovarono facilmente.

Felicissimi di averla trovata ancora in vita le

andarono incontro abbracciandola. La nipote

le presenta il suo uomo, l'anziana è felice per la

nipote che abbia un compagno. La zia vive in

quella casetta da sola, soltanto in compagnia

dei suoi amati animali, oche, caprette e un

asinello, pertanto lo spazio lo consente, in una

capanna ha il fieno per sostentare gli animali.

La gioia di Ennio è tanta. Per un po' si

dimentica poesie, chitarra, muse, dèi e tanti fantasmi che gli passano in mente. Erina vede il compagno spensierato, è felicissima, ed è felice anche la zia per la ritrovata compagnia. Le propongono che se le fa piacere si soffermano da lei per alcuni giorni; la vecchina acconsente. Trascorrono una giornata passeggiando in montagna, giocando con gli animali e coccolando la zia. La notte Ennio decide di provare la nuova sensazione di coricarsi nel fienile, proprio sul fieno; iniziarono a litigare con la compagna che cercava di dissuaderlo da quella pensata, lo stesso la zia cercava di fargli cambiare idea, ma alla fine è prevalsa la sua folle volontà.

L'indomani mattina puzzava peggio di una capra, con occhi gonfi e stralunati, in quanto aveva dormito poco e male. Si corica nuovamente dopo un lungo bagno nel tinello, si leva all'ora di pranzo; Erina trascorre la mattinata sfaccendando in casa con la zia e a badare agli animali. A mungere la capretta ha realizzato anche una ricottina, una spazzolata all'asinello, ha riempito d'acqua limpida la vasca delle oche. In quella casetta le ore scorrono veloci, si siedono tutti a tavola, il romano stralunato con l'impronta del cuscino ancora stampata sulla faccia, dopo pranzo corre ancora a letto. Erina non lo riconosce neanche questa volta, lo sgrida, gli dice «ma è possibile? Dove ti porto fai pena». Risponde lui «che vuoi, mi ricarico delle energie che ho sprecato prima: È la quiete che mi infonde molta distensione di nervi, poi sarò più frizzante». Passa una settimana, dovrebbero salutare la zia per andare ad abitare a Gallodoro nella loro casa. La zia gli dice ormai partite dopo pranzo, mi fate compagnia, mi annoio a pranzare da sola. La accontentano. Pu trascorrere la mattinata Ennio strimpella la chitarra, «eccoti, ci risiamo!» esclama Erina, lui non le dà retta, inizia a cantare e a suonare; finalmente si ode l'asino che inizia a ragliare a più non posso, la vecchina ride a crepapelle, Erina ride e lo prende in giro «ecco è un tuo fan e socio in affari!». Stanca delle follie del compagno Erina lo toglie di mezzo da sua zia e se lo trascina nella loro casa a Gallodoro. Cala il sipario sul Duo Effe, sempre agitati, sempre alla ribalta, un altro stile di vita, si recano soltanto in campagna dalla loro zia, la nipote questa volta imperativamente decide soltanto per il fine settimana, per non stancarla con la presenza del pazzo romano, anche Effe l'altra volta ha dato fastidio si è messo a rincorrere le povere oche fino a sfinirle, spaventarle e farle starnazzare. Non vedendoli in giro i loro compagni si sentono traditi e per ripicca gli affibbiano il soprannome di Duocess con una poesia per i due. «Scendono dal Belvedere, vanno in giro per le riviere, portano a spasso il loro enorme sedere, verrebbe la voglia di gettarli dentro il cratere».

*Teresa Viola*